S0-ANP-705

La Sopa

Escrito por
Cathy Goldberg Fishman
Ilustrado por Ronnie Rooney

Children's Press®
Una División de Scholastic Inc.
Nueva York • Toronto • Londres • Auckland • Sydney
Ciudad de México • Nueva Delhi • Hong Kong
Danbury, Connecticut

Con amor para Brittany, mi inspiración

— C.G.F.

Para papá, que toma sopa en cualquier clase de clima

—R.R.

Asesoras de lectura

Linda Cornwell
Especialista en alfabetización

Katharine A. Kane
Asesora educativa
(Jubilada de la Oficina de Educación del condado de San Diego
y de la Universidad Estatal de San Diego)

Biblioteca del Congreso. Catalogación de la información sobre la publicación

Fishman, Cathy Goldberg.
[La sopa. Español]
La sopa / escrito por Cathy Goldberg Fishman; ilustrado por Ronnie Rooney.
p. cm.— (Un principiante de español)
Resumen: Cada miembro de una familia tiene un trabajo especial cuando trabajan juntos para hacer la sopa a la hora de la cena.
ISBN 0-516-22687-8 (lib. bdg.) 0-516-27799-5 (pbk.)
[1. Sopas—Ficción. 2. Vida familiar—Ficción. 3. Cuentos con rima. 4. Materiales en idioma español.] I. Rooney, Ronnie, ilustr. II. Título. III. Serie.

PZ74.3 .F54 2002
[E]—dc21 2002067345

1 2 3 4 5 6 7 8 9 10 R 11 10 09 08 07 06 05 04 03 02

Cuando preparamos
la comida,

somos un equipo.

11

Papá rebulle la sopa.

Cuida que hierva.

Yo coloco
las cucharas.

Mamá taja el pan.

11

Sis se pone las servilletas en la cabeza.

Papá llena cuatro platos.

Mamá le pone queso.

¡La sopa está caliente!

Soplen con cuidado, por favor.

Sis le pone galletas.

Papá le echa arroz.

Pero cuando yo tomo sopa,

sencillamente le pongo hielo.

Lista de palabras (47 palabras)

arroz
cabeza
caliente
coloco
comidas
con
cuando
cuatro
cucharas
cuida
cuidado
echa
el
en
equipo
está
favor
galletas
hielo
hierva
la
las
le
llena
Mamá
pan
Papá
pero
platos
pone
pongo
por
preparamos
que
queso
rebulle
se
sencillamente
servilletas
Sis
somos
sopa
soplen
taja
tomo
un
yo

Acerca de la autora

Cathy Goldberg Fishman vive en Augusta, Georgia, con su esposo Steven y sus dos hijos, Alexander y Brittany. Creció en Atlanta y se graduó de la Universidad de Lesley de Cambridge, Massachusetts. Ha trabajado como profesora, directora de una guardería infantil y propietaria y administradora de una librería para niños. Ahora escribe libros para niños. Este es su primer libro con Children's Press.

Acerca de la ilustradora

Ronnie Rooney nació y creció en Massachusetts. Asistió a la Universidad de Massachusetts de Amherts, y recibió su M.F.A. en ilustración en la Universidad de arte y diseño de Savannah, de Savannah, Georgia. Le encanta nadar, correr y comer galletas con pedacitos de chocolate (¡pero no todo al mismo tiempo!), cuando no está ilustrando tarjetas de felicitación o libros para niños. Vive en Plymouth, Massachusetts.